texto e ilustrações

ROSINHA

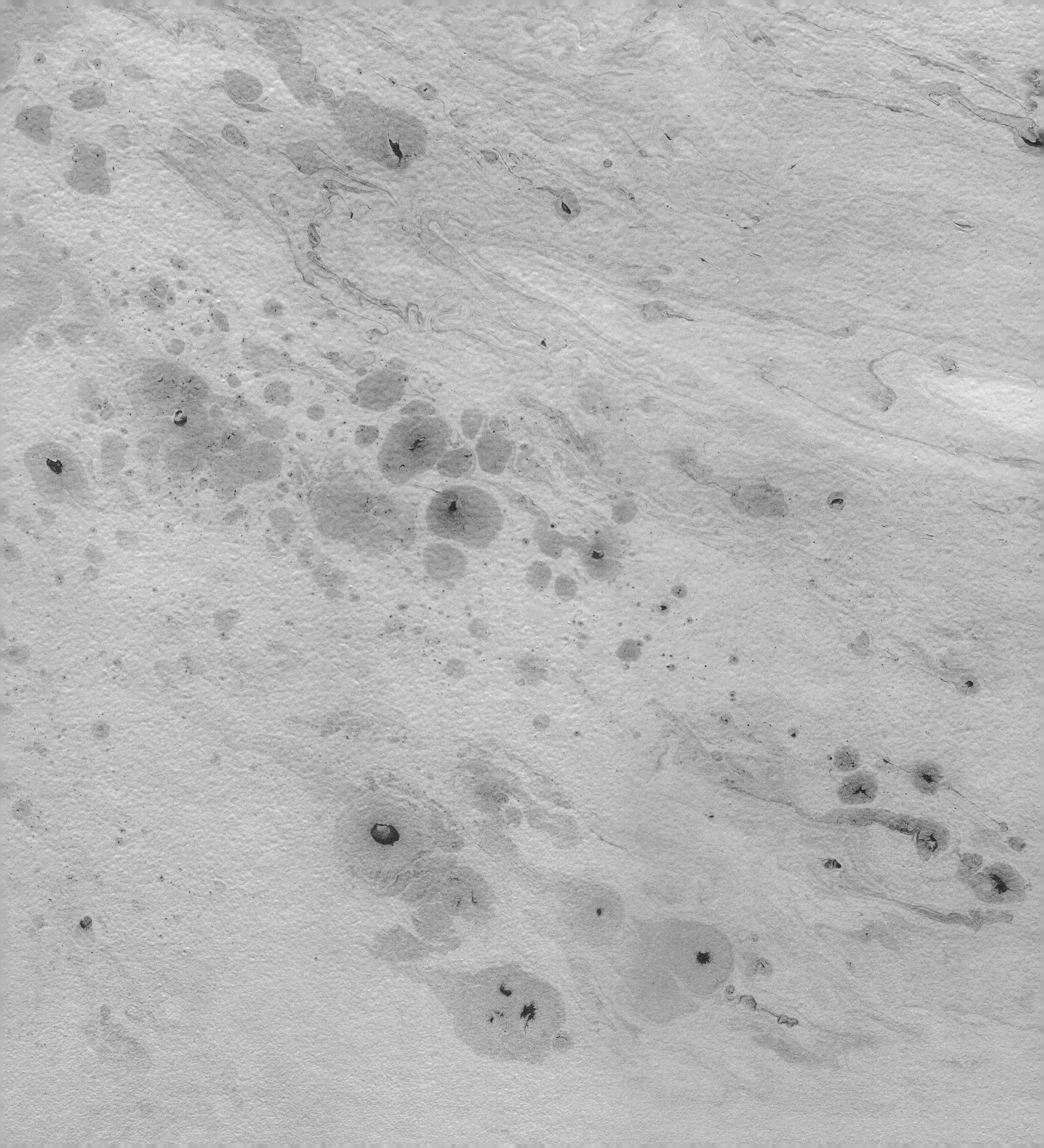

Para minha avó Hilda e para meu avô Euclides,
que me levavam para visitar Xica.

A Nara, Jorge e André.

Xica na minha vida

Xica está na minha vida desde sempre. Visitá-la era um passeio corriqueiro na minha infância. Os sentimentos que guardo desses encontros são de profundo carinho e amizade, ao lado de tristeza e compaixão. É cruel demais aprisionar um animal, e, da forma como aconteceu com esse peixe-boi, é inominável. Apesar de permanecer em cativeiro, pela simples impossibilidade de retorno ao seu habitat natural, Xica nada hoje em águas mais abundantes e é tratada com respeito e dignidade.

O convite da Fundação Mamíferos Aquáticos para escrever e ilustrar este livro me trouxe imensa alegria, e o grande privilégio de compartilhar com as crianças de hoje meu encantamento por esse doce animal, que marcou o imaginário de toda uma geração.

Rosinha

Acordava com os primeiros acordes de buzina, anunciando mais um dia de muito movimento. Carros, ônibus, ambulâncias, o toque do quartel, crianças indo para a escola, homens e mulheres apressados cruzando a praça para mais um dia de trabalho. Assim começava a semana de Xica, um simpático peixe-boi fêmea que habitava um pequeno tanque na praça.

Quando ali chegou, ainda menina, Xica podia nadar livremente naquele pequeno círculo. Agora crescida, suas costas ficavam fora d'água, expostas ao sol.

Muita coisa tinha visto, muitos segredos ouvido e muitas lembranças habitavam sua cabeça. Uma em especial acalentava seu coração: o dia em que conheceu Maria.

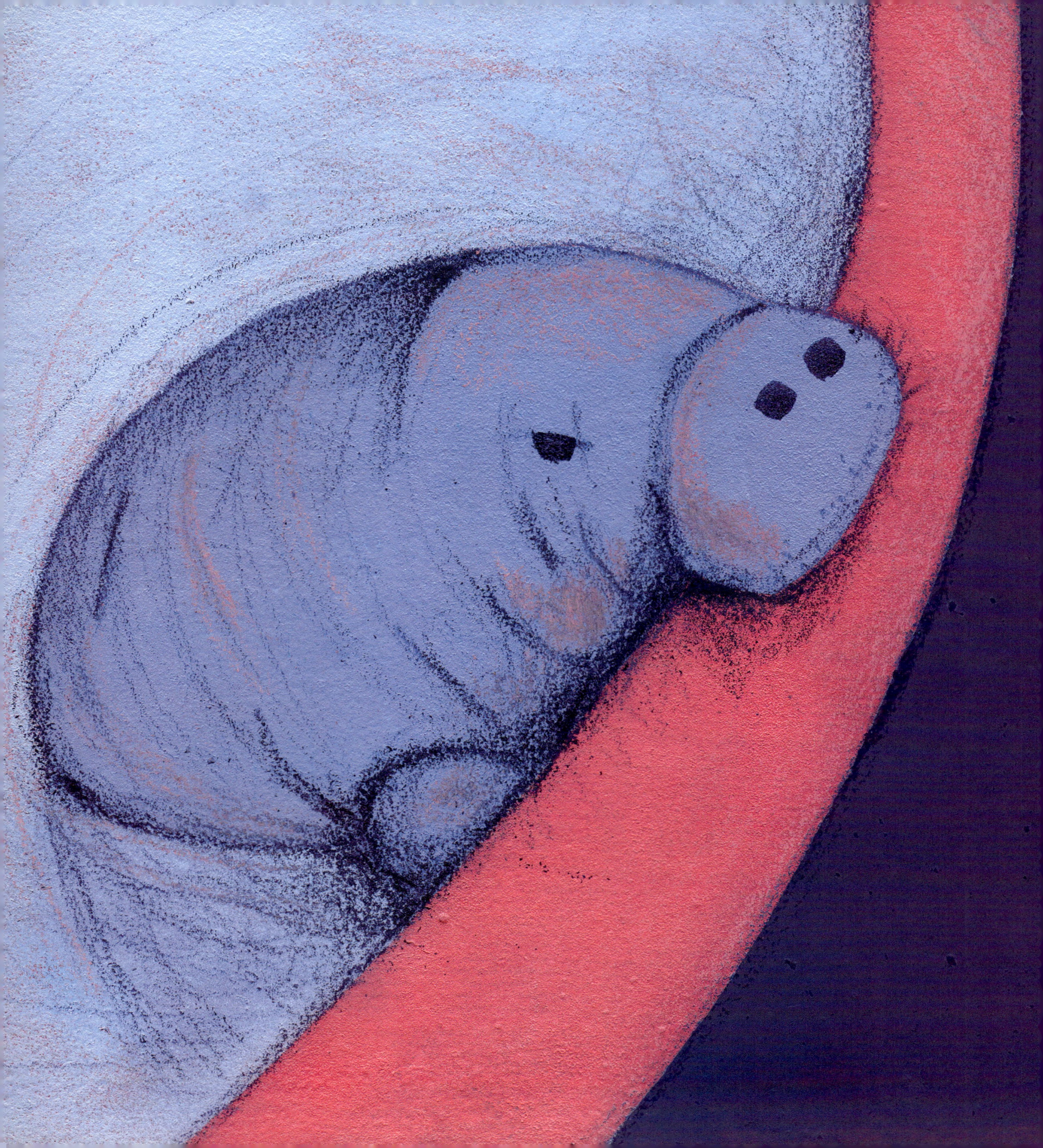

Ao contrário das demais crianças que visitavam Xica nos dias de domingo, Maria não gritou, jogou pipoca ou pulou alucinadamente para chamar sua atenção. Chegou tranquila, sentou no balanço e ficou ali horas, perdida num movimento lento de vai e vem. Depois de algum tempo, levantou-se, olhou para o tanque rodeado de gente admirando-se todas as vezes em que Xica subia para respirar, e foi embora.

Foi essa misteriosa serenidade que chamou a atenção de Xica. À noite, depois que o silêncio retornou à praça e ela pôde afinal descansar, a imagem de Maria voltou à sua cabeça, e nunca mais a abandonou.

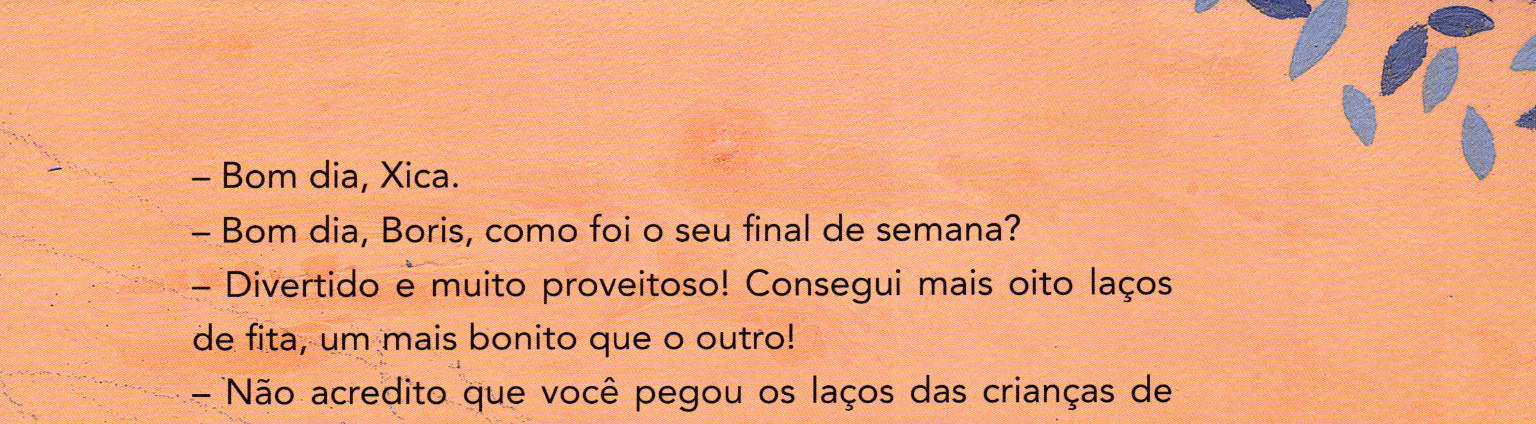

– Bom dia, Xica.

– Bom dia, Boris, como foi o seu final de semana?

– Divertido e muito proveitoso! Consegui mais oito laços de fita, um mais bonito que o outro!

– Não acredito que você pegou os laços das crianças de novo!

– Mas, Xica, são tão bonitos!

Boris era um bicho-preguiça que morava nas árvores e colecionava laços de fita coloridos. Camuflado entre as folhas, descia suas garras lentamente, pescava os laços dos cabelos das meninas distraídas e guardava-os no oco da árvore mais frondosa da praça. Com esses, eram 1.438 laços que ele separava por cores, criando um lindo arco-íris.

De cima das árvores conseguia ver tudo o que se passava na praça. Do alto, cuidava de todos, especialmente de Xica. Ele também viu a primeira vez que Maria esteve na praça.

– HCS 8+6+8+5=27, KTU 4+6+3+7=20... oi, Xica!

– Já somando?

– FBD 3+9+4+2=18... bom dia, Boris!

– Bom dia!

– GCD 7+8+4+0=19, NRF 5+6+3+4=18.

Era assim que Tuareg, a tartaruga que vivia no tanque junto a Xica, passava o dia: somando os números das placas dos carros que passavam pela praça. Depois que tinha se apaixonado por KGX 1+7+2+3=13, um fusquinha muito charmoso, café com leite, ano 1970, ela passou a ter essa mania.

Por mais que Xica a aconselhasse a mudar de pretendente, já que ela e o fusca eram de naturezas tão diferentes, ela teimava em subir nas costas de Xica para poder ver melhor os carros que passavam por ali, na esperança de rever o KGX 1723.

Tuareg era muito agitada e adorava contar. Certa vez, enquanto somava placas, escorregou e caiu de pernas para cima. Nem ligou. Resolveu contar estrelas. Quando estava em 6.894.127, avistou estrelas cadentes riscando o céu, e achou que ele estava desabando. Por sorte Xica estava perto e a desvirou antes que entrasse em pânico. Desde então, morre de medo que estrelas caiam sobre sua cabeça.

Um dos passeios preferidos de Maria era visitar sua avó. Todo final de semana ela e a mãe entravam num ônibus e iam para a cidade vizinha, onde a avó as esperava com bolos, doces e alguma surpresa que ela mesma fazia: um xale de crochê, um vestido bordado, laços de fita. Os presentes vinham sempre acompanhados de um poema. Todos, de jeitos diferentes, diziam a mesma coisa: o quanto Maria era linda e amada.

No final da tarde, antes de se despedirem, sua avó tirava leite do coco seco e colocava com açúcar no fogo brando até ficar em ponto de bola. Depois, deitava a calda transparente em cima do mármore e, ainda um pouco quente, puxava e puxava até formar cordões que iam tornando-se brancos à medida que esfriavam. Com a tesoura, cortava pequenos pedaços e colocava-os em um frasco. Maria passava a semana saboreando o alfenim derreter gostosamente em sua boca.

Aquele final de semana foi diferente. Maria ouviu a buzina do carro da avó e correu rapidinho para se arrumar. Sabia que quando a avó chegava sem avisar era sinal de um passeio divertido.

Foram à praça. Maria correu para o balanço, depois para o escorrego, o gira-gira e a gangorra. Comeu pipoca, algodão-doce e comprou balões. Tiraram fotos entre as esculturas e assistiram ao show de pífanos no coreto. Pensou em ir ver Xica, como todas as crianças costumavam fazer, mas a quantidade de gente em torno do tanque a desencorajou. Foi uma tarde linda.

Ao ir embora, tiveram uma surpresa: havia uma tartaruga em cima do capô do carro! Acharam aquilo muito curioso e engraçado. Pegaram a tartaruga, que esperneava alucinadamente, e a entregaram ao guarda da praça.

Assim que Maria entrou no carro, notou que estava sem seu laço de fita.

Domingo era o dia preferido de Boris e Tuareg. A cada semana, a coleção de laço de Boris aumentava, e seu arco-íris ficava cada vez mais maravilhoso. Tuareg contava os meninos e as meninas, quem vestia camisa vermelha, quem usava tênis, as pipocas e os algodões-doces que eram vendidos.

Quando estava no meio de uma conta complexa, Tuareg viu o fusquinha estacionado na praça. Seu coração disparou e ela entendeu, então, que estava apaixonada. Tentou de tudo para chegar perto. Mordeu a perna da calça de um rapaz que parecia estar indo na direção do fusca, mas soltou assim que ele mudou a rota. Subiu na roda do pipoqueiro, mas a cada volta suas costas batiam no chão e a roda na sua barriga. Chegou a subir num balão, mas ele estourou.

Pediu a um casal de velhinhos que a levasse, mas eles não entenderam sua língua. Até que viu as garras de Boris na mira dos laços e pendurou-se, implorando que a levasse para perto do fusca. Demoraram tanto para chegar – 18.975 segundos – que Maria e sua avó já se arrumavam para ir embora. Tuareg pulou no capô do fusca, mas foi inexplicavelmente separada do seu amado.

A única que não gostava do final de semana era Xica. Desde que fora capturada, com um ano de idade, não teve mais sossego. Passou sete anos vivendo na piscina de uma fazenda, que enchia de gente para vê-la nos finais de semana. Na praça, a coisa se repetia. Durante a semana recebia visitas diariamente – até um príncipe foi visitá-la duas vezes, para desespero de Boris, que ficou morrendo de ciúmes. Os finais de semana eram insuportáveis: flashes de máquinas fotográficas, comida jogada no tanque, barulho e confusão.

Tudo o que queria era sossego. Gostava da solidão. Era quando podia estar acompanhada das lembranças de sua família, do cheiro do mar, da lua nascendo vermelha no horizonte, do gosto do sal, das raízes dos mangues.

Foi na hora em que Maria estava se arrumando para ir à escola que recebeu a triste notícia. Não conseguia acreditar. A partir daquele momento, sentiu que nunca mais perdoaria a vida. Tratou de juntar todos os presentes que tinha recebido de sua avó, guardou as poesias, arrumou os vidrinhos de alfenim e as fotografias em sua estante, numa tentativa de mantê-la sempre por perto.

Então lembrou-se daquele laço de fita que havia perdido no passeio. Saiu correndo de casa, pegou um ônibus e foi para a praça, na esperança de resgatar um pedaço de suas lembranças. Depois de muito procurar, sentou no balanço e ficou ali horas, perdida num movimento lento de vai e vem. Depois de algum tempo, levantou-se, olhou para o tanque rodeado de gente admirando-se todas as vezes em que Xica subia para respirar, e foi embora.

Passou a ir diariamente à praça em busca do laço. Em vão, ficava horas procurando, atenta a cada milímetro do caminho de areia, cada canto de jardim, cada arbusto, cada pedra. Sentava no balanço e se deixava ficar. Depois levantava e ia embora.

Num desses dias de procura, Boris viu quando Maria jogou uma moeda na fonte e pediu para encontrar o laço.

No dia seguinte, o laço estava no balanço, à sua espera. Ficou tão feliz que nem lembrou que andava triste. Olhou para cima e viu o vulto de Boris desaparecendo por entre a folhagem. Amarrou o laço no cabelo e saiu andando à toa, com um sorriso no rosto, quando se viu em frente ao tanque e percebeu o olhar de Xica.

Esse olhar tinha uma tristeza que Maria reconhecia. A de quem um dia perdeu alguém. Sentou-se na borda do tanque e acarinhou Xica. A sensação de que o tempo estava suspenso e de que aquele momento ficaria gravado eternamente na alma foi sentida pelas duas. Só quando Tuareg e Boris, passando por ali, provocaram o farfalhar das folhas é que saíram daquele estado de encantamento, que raras vezes acontece na vida.

– Oi, Xica. Sou Maria. Encontrei o laço de fita que minha avó me deu. Agora tenho todos guardados, um mais lindo que o outro. Um dia te mostro as coisas bacanas que guardo na minha estante. Você tem uma estante com os presentes que sua avó te deu? Esse tanque não é sua casa, é tão pequeno... Você quer voltar pra casa? Quando vou para a praia pego aquele ônibus que está passando ali, tá vendo? Você poderia ir nele. Hum... acho que não, você ficaria presa na catraca... E de táxi? Não, eles não gostam quando molha o banco. E de trem? Por aqui não passa... Nossa, que complicado! Preciso ir, mas vou pensar num jeito de levar você de volta ao mar.

3x87
482
2+4
3,14

– Xica, é verdade que você quer voltar para casa? – perguntou Boris, que ouviu toda a conversa de Maria.
– É... mas você viu, não é fácil.
– Mas não é impossível! – falou Tuareg, entusiasmada.
A partir de então, Boris e Tuareg passaram a se comportar de modo estranho, sempre escondidos atrás das árvores, cochichando. Tuareg andava com um globo terrestre pontilhado de alfinetes, traçando rotas, calculando a velocidade e a direção do vento, medindo os passos, somando pedaços de tecido, multiplicando números esquisitos. Boris, de uma hora para outra, passou a colecionar balões coloridos em um arco-íris flutuante. Ficaram semanas com essas atitudes um tanto suspeitas.

Maria fez abaixo-assinado entre os colegas da escola, escreveu cartas para o prefeito, passou seus dias entre a praça, tarefas escolares e articulações. Até que um dia, quando foi se aproximando do tanque, avistou um aglomerado de guardas, jornalistas e curiosos, todos aflitos, gritando e andando de um lado para o outro.

Sentiu o coração apertado, com a mesma dor que agora era sua conhecida, e não teve coragem de se aproximar do tanque. Sentou lentamente no balanço e, perdida, começou um movimento de vai e vem.

Foi quando seu coração desanuviou ao ver, entre as copas das árvores, a curiosa imagem de um peixe-boi voando entre balões coloridos.

A história de Xica

Xica é um peixe-boi fêmea que se tornou um ícone pernambucano. Morou em uma das praças públicas mais centrais e movimentadas de Recife, a Praça do Derby, numa época em que pouco se sabia sobre essa espécie, que já estava em estágio avançado de extinção no Brasil. Entre 1970 e 1992, visitar Xica era um passeio de final de semana, além dos que a visitavam diariamente, em seu trajeto cotidiano. Mas o que fazia um peixe-boi em uma praça? Xica não devia estar em seu ambiente natural?

Xica foi capturada ainda filhote em um curral de pesca numa praia em Goiana (PE), onde ficou durante sete anos na piscina de uma fazenda particular. Depois foi adquirida pela Prefeitura do Recife, que a colocou na Praça do Derby. Mas, infelizmente, o recinto pequeno e raso onde Xica vivia era inadequado para o seu pleno desenvolvimento. Sua alimentação, deslocamento e movimentação eram comprometidos, e Xica ficava exposta aos maus-tratos decorrentes de sua exibição não monitorada. Nessas condições, ela sofreu deformidade corporal e uma séria queimadura solar em seu dorso.

Porém, em 1992, a história de Xica teve a chance de ser mudada. Por pressão da população e da Associação Pernambucana de Defesa da Natureza, apoiadas pelo Projeto Peixe-Boi, ela foi transferida para a Unidade de Resgate e Reabilitação do atual Centro Mamíferos Aquáticos/ICMBio, em Itamaracá (PE). Lá, passou a receber acompanhamento veterinário e adquiriu peso e comprimento compatíveis com sua idade: 470 quilos e 2,86 metros. Embora esteja em boas condições de saúde, o comportamento de Xica reflete sua história de vida: interage pouco, preferindo o isolamento.

Mas Xica, com seu jeitinho próprio, continua viva, nadando e até namorando. Ela teve três gestações, sendo que apenas duas tiveram sucesso. Gerou o primeiro peixe-boi nascido em cativeiro da América Latina! Com uma má-formação congênita, esse filhote faleceu aos três anos de idade; mas o seu irmão já está aprendendo a viver em seu ambiente natural. Assim, Xica, um dos peixes-bois-marinhos cativos mais velhos do mundo, oferece sua história de resignação e superação para mostrar a nós, seres humanos, a importância do respeito à vida e da conservação ambiental.

Peixe-boi-marinho

Nas águas do Brasil existem 55 espécies de mamíferos aquáticos, dentre as quais se destacam os peixes-bois-marinhos *(Trichechus manatus)*, que são verdadeiros gigantes do mar. Fortes, chegam a atingir até quatro metros de comprimento e pesar impressionantes seiscentos quilos – medidas exorbitantes, que contrastam com o temperamento dócil e cativante desses animais. De cara arredondada, olhos pequenos, corpo roliço e, ainda por cima, carismático, o peixe-boi desperta facilmente o encantamento de crianças e adultos. Mas sua importância na natureza vai muito além de divertir ou encantar o ser humano.

Com a colonização do Brasil, o peixe-boi foi intensamente caçado e vendido como iguaria na Europa, o que colocou a espécie em crítico risco de extinção. Hoje, estima-se a existência de apenas quinhentos peixes-bois-marinhos distribuídos entre o litoral norte e nordeste do país, e muitos são os desafios que esses animais encontram para sobreviver, como a ocupação litorânea desordenada, a degradação de suas áreas naturais de ocorrência, o emaranhamento em redes de pesca e a colisão com embarcações.

As políticas públicas para a conservação da espécie no Brasil são algo recente, mas, em trinta anos de ação do Projeto Peixe-Boi, temos muito a comemorar. A caça de subsistência da espécie vem sendo gradativamente substituída pelo turismo de observação: o peixe-boi passou a agregar valor social, turístico, cultural e científico nas áreas de sua ocorrência. É crescente o número de pesquisas sobre a espécie e seus hábitats, contribuindo para a ampliação do conhecimento. Mudanças de comportamentos, alinhadas à geração de conhecimento, permitem políticas mais bem estruturadas para apoiar um processo desenvolvimentista sustentável para o Brasil. O peixe-boi precisa desse esforço coletivo para continuar existindo.

Fundação Mamíferos Aquáticos

A Fundação Mamíferos Aquáticos (FMA), organização da sociedade civil sem fins lucrativos, foi criada em 1989 com a missão de promover a conservação dos mamíferos aquáticos e de seus hábitats, visando o equilíbrio ambiental. É uma instituição de pesquisa, defesa, preservação e conservação do meio ambiente e promoção do desenvolvimento sustentável, que atua em parceria com governos, setor produtivo e sociedade civil.

Em seus 21 anos de atuação, resultados expressivos em prol da conservação dos mamíferos aquáticos já foram conquistados. Entre eles, destacam-se: o extenso levantamento realizado ao longo do litoral norte e nordeste do Brasil, para identificar o status de conservação do peixe-boi-marinho; o resgate e reabilitação de filhotes de peixes-bois encalhados na praia e posteriormente devolvidos ao ambiente natural; a criação de Unidades de Conservação costeiras e marinhas; a capacitação de profissionais e estudantes em programas de conservação da vida silvestre; a geração de conhecimento científico sobre os mamíferos aquáticos; e o apoio ao desenvolvimento social, econômico e cultural das comunidades onde atua.

Sendo este o primeiro livro infantojuvenil idealizado pela Fundação Mamíferos Aquáticos, não podemos deixar de citar e agradecer àqueles que fazem parte de nossa história: Petrobras, patrocinadora oficial desde 1997; Fundação Grupo O Boticário de Proteção à Natureza; Instituto Brasileiro de Meio Ambiente/Ibama; Instituto Chico Mendes de Biodiversidade/Centro Mamíferos Aquáticos – ICMBio/CMA. Também aos fundadores da Fundação Mamíferos Aquáticos: Daniele Palludo, Eunice Maria de Oliveira, Régis Pinto de Lima e Ricardo Soavinski. Agradecimento especial às comunidades do litoral brasileiro, cuja participação é fundamental para o sucesso conservacionista. A lista de parceiros não terminaria aqui se não fosse uma questão de espaço.

A todos nosso muito obrigado!

Editora
Renata Farhat Borges

Editora assistente
Lilian Scutti

Produção editorial e gráfica
Carla Arbex

Projeto editorial
Denise de Freitas Castro
Verônica Ferraz Pragana

Capa
Maristela Colucci

Scan e tratamento de imagem
Simone Ponçano

Revisão
Jonathan Busato

Editado conforme o Acordo Ortográfico da Língua Portuguesa de 2009.

Dados Internacionais de Catalogação na Publicação (CIP)
de acordo com ISBD

C198x
Campos, Rosinha

Xica / Rosinha Campos ; ilustrado por Rosinha Campos. - 2. ed. - São Paulo : Peirópolis, 2018.

56 p. : il. ; 22cm x 24cm.

ISBN: 978-85-7596-557-3

1. Literatura infantil. 2. Peixe-boi. I. Título.

2017-835

CDD 028.5 CDU 82-93

Elaborado por Vagner Rodolfo da Silva - CRB-8/9410

2ª edição, 2018.

Editora Peirópolis Ltda.
Rua Girassol, 310f – Vila Madalena
05433-000 São Paulo/SP
Tel.: (11) 3816.0699
vendas@editorapeiropolis.com.br
www.editorapeiropolis.com.br

MISTO
Papel produzido a partir de fontes responsáveis
FSC® C106952

A marca FSC é a garantia de que a madeira utilizada na fabricação do papel interno deste livro provém de florestas de origem controlada e que foram gerenciadas de maneira ambientalmente correta, socialmente justa e economicamente viável.

Livro verde
Este livro é verde porque foi impresso em papel certificado pelo Conselho Brasileiro de Manejo Florestal (FSC) em gráfica que faz parte da sua cadeia de custódia.

O que é o selo verde?
Selo verde é uma certificação concedida pelo FSC – Forest Stewardship Council (Conselho de Manejo Florestal) – que dá a melhor garantia disponível de que a atividade madeireira para a produção do papel em que os livros são impressos ocorre de maneira legal e não acarreta a destruição das florestas primárias, como a Amazônia.

Realização:

Patrocínio Oficial: